그리움이 나를 부를 때

김수미 시집

시음사
시사랑음악사랑

시문학 발전을 위해 노력하는 시인 김수미

시인이 형상화한 시적 결과물이 얼마나 문학적 완성도가 높은가에 작품에 개개인의 주관적인 무의식과 내면의 심층이 어떻게 반응했느냐에 따라 작품을 감상하는 독자는 자신의 상징을 더 해 그 작품을 읽게 된다. 그만큼 시인은 시를 쓰는 작업에 많은 것을 생각하면서 시를 쓴다. 그렇게 쓴 작품만이 독자의 가슴에 와 닿으며 그 시는 후대에 남을 명작으로 남을 것이다. 김수미 시인의 작품을 보면 배려와 감사, 그러면서도 봉사의 깊은 사랑을 엿볼 수 있다. 등단한 지 12년이 넘어서 첫 시집을 발표할 만큼 조심성 있고, 한 작품을 집필하는데 많은 시간을 두고 퇴고하면서 리듬감과 운율로 노래하는 듯 자연스러운 문맥과 강조를 위한 반복처럼 일정한 리듬의 시를 쓰는 시인이다. 그러기에 김수미 시인의 작품은 직접 말하지 않아도 그 문장에서 내포하고 있는 의미를 시인이 하고자 하는 말을 사물이나, 생명, 온 자연을 대상으로 하여 비유하거나 은유적 표현으로 시를 짓는 시인이다.

김수미 시인의 첫 시집 "그리움이 나를 부를 때"는 시인이 2004년 대한문학세계로 등단하고 문학에 대한 열정으로 성장시킨 결과물이다. 대한시낭송가협회 회장을 역임하면서 낭송가로 시의 또 다른 예술의 장르를 이끌어주었고, 또 대한문인협회 서울 지회장으로 역임하면서 쌓아온 내공의 산물인 것이다. 이제 김수미 시인은 "그리움이 나를 부를 때"로 문단에 정식 데뷔를 한다. 시문학 발전에 공헌한 바에 비해 너무 늦은 감은 있지만, 이제라도 김수미 시인의 개인 저서가 독자와의 만남을 가질 수 있어 기쁜 마음이다. 많은 독자의 사랑으로 우리 가슴에 오랜 시간 남길 바라는 마음으로 "그리움이 나를 부를 때"를 추천한다.

사단법인 창작문학예술인협의회 이사장 김락호

시인의 말

먼저 시집을 출간하게 해주신 하나님께 감사드립니다.
2004년 시인으로 등단 후, 시를 쓰며 인생에 대해 많은 생각을 하게 되었습니다. 등단 1년 안에 설레는 마음으로 시집을 출간하려 했는데 선배 시인님들의 가슴 요동치게 하는 시를 보면서 '연륜이라는 것이 이런 것이구나,....... 문인의 향기와 멋이란 것이 사람을 감동시키는 바로 이런 것이구나.'를 배우게 되었답니다. 한 줄 시에도 눈물을, 시어 한 단어에도 가슴 뛰는 그런 시를 쓰고 싶었습니다. 그렇게 한 해, 두 해 지나며 '아직도 아니야'를 되뇌다가 이렇게 13년이 지나서 개인시집을 출간하게 되었습니다. 마음만은 정성들여 숙성 잘 된 음식을 귀한 손님에게 대접하는 심정으로 세상에 내놓지만, 아직도 부족한 마음입니다. 시인 등단했을 때 무척이나 좋아하시며 축하해주셨던 친정 아버지께 선물로 드리고 싶었던 시집인데 세월은 기다려 주지 않고 아버지를 모셔가셨습니다. 하늘에서 막둥이 김수미를 기뻐하시며 축하 해주시고 계실 것이라 생각합니다. 세상사는 동안에는 늘 지나간 것을 그리워하고 문득 그 그리움이 사랑의 또 다른 이름으로 나를 부른다면 아마도 그리움에게 대답하겠지요. 나도 그리웠노라고 그리고 사랑했노라고.

시인 김수미

목차

목차

목차

QR 코드

스마트폰으로 QR 코드를 스캔하면
시낭송을 감상할 수 있습니다.

제목 : 바람

시낭송 : 김지원

봄소식

사박사박 내리던 눈
개울 밑으로 돌돌돌 흐르고

옹기종기 모여 있던 꽃망울이
기지개 켜며 꽃잎을 펼쳐낸다.

학수고대(鶴首苦待) 봄소식은
벚꽃 날리며 연서를 보내오고
나뭇가지마다 봄빛이 가득하다.

봄맞이

봄빛 쏟아지는 거리
푸른 하늘 한 모금 입에 물고
가슴속을 물들여보자.

괜스레 붉어지는 두 뺨은
진달래꽃으로 피어나리라.

코끝에 매달리는 풀 냄새
아지랑이 들판에 흙을 털고
머리 내미는 새싹을 보라.

바람결에 실려 온 초록빛이
푸릇한 봄을 수놓으리라.

봄

시냇물에 하얀 발 담그고
살며시 건너던 겨울

얼음장을 녹이며
다가선 봄에게 길을 내주고

징검다리에 쏟아지는
눈이 부신 햇살은 대지를 어루만진다.

바람은 아직도 차가운데
봄은 나무에게 입맞춤하고

햇살의 손길 스치는 곳마다
봄의 입맞춤이 닿는 곳마다

나무는 잠에서 깨어나
사랑스러운 새싹을 터트린다.

세상은 겨울잠에서 깨어나
찬란한 기지개를 켠다.

꽃샘바람

봄을 재촉하듯
꽃샘바람이 불어온다.

차가운 꽃샘바람에
햇빛은 그 빛을 더하고

시리도록 푸른 하늘도
더욱 푸르러진다.

긴 겨울 동안
잠을 자던 나무는
꽃샘바람에 잠이 깨어 싹을 틔운다.

더욱 진한 향기를 품으려면
힘겨움도 견뎌야 한다고.

강한 생명력이
더욱 빛나는 봄을 만드는 것이라고.

이것이
봄에 대한 꽃샘바람의 사랑이라고
수줍은 듯 고백을 한다.

한낮

한가로운 오후.

외양간 송아지는 큰 눈을 끔벅이고
마당에 누렁이는 맷돌 위에 엎드려서
나른한 한낮을 보내고 있다.

푸른 하늘에 뭉게구름 한 점
유유히 흘러 흘러 떠다니고

먼 여행을 다녀온 나그네 바람은
풀숲으로 들어가 달콤한 오수를 즐긴다.

여름 냇가

졸졸졸
맑은 여름 냇가에
태양도 뜨거워 냇물 속으로 몸을 담갔다.

냇가에 열목어와 송사리떼
냇물 속 태양을 간지럽게 하고

어디선가 첨벙대며
냇가로 뛰어드는 아이들의 웃음소리에

화들짝 놀란 송사리떼
오동통한 아이들 발 틈새로 바삐 도망 다닌다.

어느덧 무더위는 아이들 웃음 속에
시냇물 따라 저만치 아래로 흐르고 있다.

원두막

맴 맴 매~엠
매미소리 내려앉은 원두막

밀짚모자 눌러쓴 할아버지
단잠을 주무신다.

수박밭에 귀여운 개구쟁이들
몰래 쪼개 놓은 수박 한 덩이에 마냥 신났다.

어느새
귓전에 울리는 할아버지 불호령

깜짝 놀란 아이들 수박껍질 머리에 쓴 체
두 손 번쩍 들어올린다.

"잘 익은 것으로 한 덩이 더 주랴?"
빙그레 웃으시는 할아버지 모습에

아이들은
그제야 발그레 환한 웃음 지어 보이고

아이 볼에 붙은 까만 수박씨도
덩달아 활짝 웃는다.

닭의장풀

닭의장풀 너는 정말
파란 하늘을 사랑했나 보다.

두 손 닮은 잎 속에
하늘빛 파란 꽃을 품었구나.

비 오는 날이면
파란 하늘 젖을까 기도하는 두 손으로
곱게 접어 담아두는 닭의장풀.

산이나 들녘에 수줍은 듯 피어나
포개어진 잎 속에 파란 하늘을 숨겨두고

이른 아침 소리 없이
파랗게 피어나는 하늘바라기 닭의장풀.

해바라기

찬란한 태양을 사모하다가
꽃으로 피어난 아름다운 그대

아폴론의 자태에 마음을 빼앗긴
순결한 여인 크리티여!

화려한 옷을 두르고도
까맣게 타버린 속내

지는 해를 아픔으로 보내며
알알이 여무는 까만 그리움.

서쪽으로 물드는 태양의 끝자락
못내 아쉬워 붉게 물들고만 노을 한 자락.

순결한 여인 크리티여!
아름다운 해바라기 그대여!

코스모스

고즈넉한 가을 들녘 수놓은 코스모스
잠자리 날개 위로 파란 하늘 드리울 때
가을바람 품에 안고 자장가를 부른다.

농부들의 땀 흘린 탐스러운 결실들이
착한 아기 자라나듯 무럭무럭 자라라고
산들산들 바람 안고 자장가를 부른다.

가을 숲

숲이 울렁거린다.

뜨겁던 여름이 가을바람에
붉게 오른 열꽃으로

나뭇잎을 뒤흔들며
계절앓이를 한다.

세월이
여름내 뿌려 놓았던 푸름의 빛을

찬바람에 모두 거두어
계절의 곳간에 모아 들인다.

밤 귀뚜라미 울음소리에
자박거리며 가을이 숲에 찾아들고

숲을 붉게 그려놓은 가을은
산을 넘어 겨울 속으로 들어간다.

가을 길을 걷노라면

가을 길을 걷노라면
코끝에 진한 그리움이 매달린다.

바스락거리며 밟히는 낙엽도
은은히 스며드는 들국화의 향기도

아련한 추억을 불러내며
눈을 시리게 한다.

가슴속에 가두어 놓은 그리움
먼 시선 끝에 눈물로 내보이는 속내

가을 길을 걷노라면
추억의 향기가 눈물 되어

가슴속 그리움이란
샘터에 가득히 고인다.

가을이 오는 소리

귀뚜라미 우는 까만 밤에
그대 위해 준비한 차 한 잔과

그대 위해 준비한 하얀 등을 켜놓고
다소곳이 그대를 기다립니다.

밤바람 한 줌 스쳐 지나가며
낙엽 하나 내 손 위에 올려 줍니다.

그대의 향기가 마른 풀 냄새 되어
내 가슴을 아프게 합니다.

바스락거리며 걷는 발걸음에
하얀 달빛이 희뿌연 눈물 되어 밟혀오고

그대는 내게
바람 되어, 달빛 되어,
내 시린 눈물을 타고 내게 오십니다.

나지막한 소리로
그렇게 내게 오십니다.

가을

잠자리 날개 위로
파란 하늘이 비친다.

싱그러운 풀 향기
바람 끝에 매달려오고,

시냇물의 맑은소리가
가을을 노래한다.

풀잎 끝에 맺힌
영롱한 이슬방울

산새 소리에 놀라
풀숲 사이로
몸을 감추고

여유로운 구름 한 점이
못 본 척 눈을 감고 흘러간다.

고즈넉한 가을 속에서
숲은 기지개를 편다.

가을 길

사각거리며 밟히는 낙엽
아픔으로 쌓인 가을 길

가을빛 냄새가 그리워서 눈이 시린 것인지
가슴에 담아둔 그리움이 눈물 빛이 되어 시린 것인지

작은 풀벌레 소리에도
말 없는 보고픔이 파도 되어 밀려들고

따뜻했던 하얀 미소가
저 멀리 희미하게 사라질 때

먼 그림자 뒤로
길게 드리워진 노을은
더욱 붉게 물들어가고

멀어져간 사랑 뒤에
남겨진 아픔은 덩그러니
낙엽 되어 가을 길에 쌓인다.

만추(晚秋)

가을이 깊어갑니다.
뜨락에는 낙엽이 쌓이고
앙상한 나뭇가지에 달이 떠오릅니다.

아픈 이별에 목메인 나지막한 슬픔의 속내
가슴에 남아있는 사랑도 기억도 가져가라던.........

사랑을 떠나보낸 계절이 깊어갑니다.
속눈썹 사이로 가을 달이 비치면
바람 소리가 실어오는 애절한 산울림이 웁니다.

가슴에 남아있는 추억이
가슴에 남아있는 그리움이

깊어가는 가을
바람결에 맴도는 낙엽처럼
창백한 달빛 속에 맴돌아 스며듭니다.

가을 단풍

가을은
어머니의 치맛자락을
꼭 잡은 어린아이처럼

붉은 단풍으로
산자락을 꼭 잡고 내게로 다가선다.

한점 바람에
어디선가 단풍잎 하나
내 앞에 툭 떨어지며
예쁜 손을 내민다.

곱디고운 가을의 손.

내민 손이 너무 예뻐
덥석 잡아버린 내 손안에는

단풍잎 하나가
수줍은 듯 얼굴을 붉히며 미소를 짓고 있다.

가을 나무

하늘이
말갛게 익어가던 날

뜨거운 햇살 한 점을 입 안에 넣었다.

입 안에 스며든
햇살 빛이 너무 고와

어느새
눈물에 담겨서 반짝거린다.

두근거리는 가슴
단풍들어 붉은 두 빰

살며시
와 닿는 낯익은 바람.

가을은
나직한 비소로
곱게 채색된 사연을 살며시 쥐여 준다.

가을이 주는 지혜

짧고도, 아쉬운 계절 가을이
나를 새롭게 만든다.

가을 한낮의 햇살이
벼 이삭을 고개 숙이게 하듯이

우리네 삶도
스스로 겸손하게 자신을 돌아보아
마음을 숙여 정갈하게 하라는 의미이리라.

불어오는 가을바람이
여물어가는 열매의 빛깔을 곱고 풍성하게 하여내듯

세상을 살아가며
눈은 멀리 바라보고, 생각은 깊게 하여
마음속에 풍요한 이상을 꿈꾸며 정진하라는
가을의 가르침이 아니겠는가.

흙먼지 풀풀 날리는 비탈길도
소담스럽게 피어나는 들꽃의 보금자리가 되듯이

지치고 힘겨운 인생살이가 더욱 굳건한 마음을 만들어
삶을 살아가는 바탕이 되라는 가을이 우리에게 주는 지혜이리라.

개울가 흐르는 물줄기가
생명을 키워내는 원천수가 되어 땅을 기름지게 다듬듯이

우리가 흘리는 작은 땀방울 하나가
사랑과 행복으로 가득한 미래를
약속하리라는 가을의 언약이 아니겠는가.

가을이 주는 지혜와 깊은 속내에
마음을 숙이며 감사의 두 손을 모은다.

단풍이 물들던 날

하늘이 내려와
물빛을 적시고

산이
푸름 속에 붉은 옷을 갈아입을 때

시간의 물결 따라
흘러, 흘러 돌고 돌아

가을이 소리 없이 찾아든다.

지난 계절
뜨겁게 여물은 가을빛.

알알이
가득 채운 시간 속에
매달린 땀방울 미소들.

단풍이 물들던 날
가을은 황금빛 두 팔을 벌려
산과 들을 가득히 품에 안았다.

겨울

무서리 내리는 겨울
나무 둥지 아래 깊은 골은

어두운 밤을 익혀
하얀 꿈을 키워내고

산과 들의 숨소리는
돌 밑 속에서 호흡을 가다듬는다.

솟구쳐 올라갈 듯
용트림하던 폭포수도

절벽 등에 업힌
아기처럼 깊은 잠이 들고

맑게 흐르던 계곡물도
얼음장 밑으로 몸을 낮춘다.

겨울은
엄마의 품처럼
포근하게 다가와
지친 계절을 안아준다.

눈 내린 아침

소리 없이 밤새 내린 눈
하얀 아침을 열어 놓고

사립문 밖 발걸음 소리
가지에 쌓인 눈 화들짝 놀라 내려앉는다.

반짝이는 햇살에 기지개 켜며
제시간을 잊은 체 고개 내민 새싹

하얀 고깔모자 쓰고
순백의 세상과 마주한다.

겨울 길

깊은 밤 끝자락에
하얗게 열린 겨울 길.

가만가만히
겨울 길을 밟으면
뽀드득거리는 겨울님의 발걸음 소리.

슬픈 시선 끝자락에
하얗게 쌓인 그리움.

가만가만히
겨울 길을 바라보면
소복하게 쌓인 겨울님의 눈물 빛 그리움.

겨울은

겨울은
소복이 눈을 내려
벌거벗은 나뭇가지에
하얀 털옷을 입혀놓았다.

겨울은
세상의 찌든 욕심이 싫었는지
하얀색으로 물들여 놓고

가을에 무수히 많은
연인들의 눈물 가득한
사연들을 처마 끝에 고드름으로 달아 놓았다.

겨울은
천방지축 개구쟁이 아이들의
맑은 눈동자 가득히 흰 눈으로 채워주고

겨울은
모든 이들이 행복하고 따뜻하라고
추운 날씨를 선물로 주었다.

추울수록 더욱 가까이
더욱더 포근히 보듬어 주라고
추운 만큼 마음만은 따뜻하게 살아가라고
혼자가 아닌 우리가 되어 살아가라고

세상을 향해
사랑의 메시지를 흰 눈 속에 담아
눈송이로 뿌리고 있다.

김장

매섭도록 추운 겨울이면
어머님이 땅속에 담가둔 김장김치가 그립다.

흰 눈이 소복이 쌓여
굳게 닫힌 항아리 뚜껑을 열면

매콤한 듯 톡 쏘는 김치 냄새가
마른입에 군침을 돌게 한다.

김이 모락모락 나는 흰 쌀밥에
살얼음진 김치 한쪽 쭉 찢어
한 수저 듬뿍 입에 떠 넣으면
세상 어느 누구 부럽지 않을 만큼 행복했다.

춥고 힘들었던 시절에도
어머니는 땅속 깊이 항아리를 묻고
무엇과도 바꿀 수 없는 어머니의 사랑 가득
행복을 양념해 버무린 김장을 가득히 채워두셨다.

올해는 어머님이 주셨던 그 행복한 맛을
나도 땅속 깊이 항아리를 묻고 가득히 채워야겠다.

그리고 어머니가 그리울 때마다
땅속에 가득히 채워둔 행복한 맛을 꺼내어
눈시울 뜨겁도록 느껴 보련다.

썰매놀이

얼음 꽁꽁 얼어버린 논에서
와글와글 꼬마들의 썰매놀이 신이 난다.

추운 칼바람 속에도
코끝이 매운 추위 속에서도
개구쟁이 꼬마들은 마냥 즐겁다.

넓은 나무판자 밑에 쇠줄 두 가닥 박아서 만든 썰매
나무 막대기에 쇠못 박아서 만든 밀대 막대기.

무릎 꿇은 두 다리가 시려도
입에서 폴폴 하얀 입김이 뿜어져도
썰매놀이에 해지는 줄 모른다.

젖은 양말 말려대며 깡통 속 타오르는 장작불에
얼은 손 녹이면 발그레 얼은 볼이 노을빛에 물든다.

하나, 둘 집으로 돌아가고
누군가 떨어뜨린 벙어리 장갑한 짝이
덩그러니 홀로 남아 주인을 기다린다.

회색빛 겨울 산

하얀 입김 내뿜으며
회색빛 겨울 산에 올라가자.

바위 틈새로
얼어버린 물줄기와 동면하는 생명의
힘찬 호흡을 느끼리라.

침묵의 소리와 생명의 소리를.

시린 손 비벼가며
회색빛 겨울 산에 올라가자.

메마른 가슴을 비비며
추운 겨울을 부둥켜안고 서 있는
겨울나무의 사랑을 느끼리라.

묵상의 계절
회색빛 겨울 산은
허물 벗을 푸른 날
사랑스런 생명의 화려한 탄생을 꿈꾼다.

겨울 달이 뜨는 밤

앙상한 가지 끝에 걸린
바람 한 조각

군에 간 아들 생각에
겨울이 마냥 야속한 어머니

문풍지를 흔드는 바람 소리에
벌컥 이며 냉수 한 사발 들이마신다.

군데군데 까맣게 눌어붙은 장판지처럼
시커멓게 타들어 가는 어머니의 가슴

뒷집 누렁이 짖는 소리에
애꿎은 타박 한마디 내뱉는다.

겨울 달이 뜨는 밤
어머니 한숨 한 자락이 바람 타고
담장을 넘는다.

올 겨울에는

그리움 가득히
타오르던 가을이
투덕투덕 계절 속으로 걸어간다.

빗장 걸린
겨울의 문은 살며시 열려
차가운 바람과 함께
가을에 인사를 보내온다.

지난해에도
만난 겨울이지만
매번 반가운
마음으로 인사를 나눈다.

가을은
낙엽 속에 묻어둔
그리움 한 방울을
이슬 빛으로 선물하고

겨울도 이른 새벽
하얀 서리꽃으로
고운 가을의 발자국을
만들어 인사한다.

계절의 오고 감이
이렇듯 따뜻하니

올겨울에는
더없이 포근하고 따뜻한
사연들로 가득히 깊어 가리라.

세 월

세월의 시계 초침은 서리를 내리게 하고
인생의 바람은 연륜의 고랑을 만들어낸다.

쌓여진 연륜만큼 고랑고랑 삶이 살아 있고
서리 내린 흰머리도 멋스럽게 그렇게 사는 것이
세상의 眞理이고 正道인 것이다.

고인 물은 더러워지나
흐르는 물은 청정함을 지키는데
옹골지게 매어진 동아줄처럼
집착과 욕심 속에 인생을 산다면
무슨 소용 있겠는가.

훌훌 털고 바람처럼 물처럼
흘러, 흘러 사는 그것이 인생인 것을.

질주하듯 내달리는 시간의 허리를 부여잡고
가는 길목 막아서도 등 한번 토닥여주고
이내 달아나버리는 세월.

한 시대를 풍미했던 영웅호걸도
세월을 막지는 못했는가보다
역사 속에 장사되어 바람처럼 사라져갔으니.

한 시대의 오고 감을 그 누가 막을 수 있겠는가.

시간을 막을 수도, 잡을 수도 없듯
그렇게 세월은 眞理를 노래하고
그렇게 세월은 正道를 걸어간다.

墨 香(묵 향)

깜박이는 호롱불 아래
은은한 墨香이 스며든다.

一筆揮之하는 세월 속에
숨 가쁘게 내달리던 마음 한 조각

墨香 가득
굵은 한점 찍어내며

붓끝에 매달린 채
속내를 쏟아내던 까만 밤.

구멍 난 창호지 문 사이로
부끄러운 달빛이 훔쳐본다.

인생

산은 나에게 낮아지라 하네.
산을 오르고, 또 오르다 보면
어느 결에 정상에 오르려니.

너 정녕
높이 올랐다고 생각할 때
더 높은 하늘이 있음을 알게 되리라.

물은 나에게 낮아지라 하네.
물길 따라 세상의 이치대로 흐르다 보면
어느 결에 바다에 닿으려니.

너 정녕
낮아졌다고 생각할 때
바다와 하늘이 맞닿아 있음을 알게 되리라.

자연은 그렇게 나를 다듬어
인생을 알게 하리라

산사의 아침

아름다운 산사의 아침.

지저귀는 새소리와 흐르는 맑은 물소리
상쾌한 바람 소리와 청아한 풍경 소리로
맑은 동자승의 미소처럼 마음마저 맑아진다.

고요한 산사의 아침.

자욱한 아침 안개가 산허리를 휘돌아 감고
승천하는 용처럼 하늘을 향해 올라갈 때
속세에 짊어진 많은 욕심을 훌훌 털어낸다.

그러하기에 세상 만물이
청초한 아름다움으로 가득하다.

老松 한그루

가파른 절벽 위에 老松 한그루.

비가 오면 비를 맞고
눈이 오면 눈을 맞고
세월을 바람처럼 그렇게 살아간다.

미련한 사람들아!
가는 세월 속에 돌아갈 곳 하나이거늘
쥐고도 못 가고 맨손으로 돌아가거늘
어찌하여 저마다 욕심이더냐.

몸 하나 절벽 틈에 붙이고 세상을 굽어보며
老松은 쓴웃음을 짓는다.

어머니

꽃다운 어여쁜 나이에 고운 님 만나
백년해로 청사초롱 불 밝히고

알토랑 같은 아이 낳아
불면 날아갈까, 쥐면 사라질까,

노심초사 지극정성
키워내고 길러내며

고운 님 섬김에
행주치마 닳아지고
곧은 허리 휘어져도

어여뻐라 고운 미소
따뜻해라 고운 가슴

바람에 묻혀 지나간 세월
세월에 묻혀 흘러간 청춘

섬섬옥수는 굳은살이 박이고
고운 아미는 긴 고랑이 패였나니

어머니 깊은 사랑
갚을 길이 없구나.

구름바다

산등성이를 올라 운무 가득한 산 정상에 오르니
하늘도 구름이요, 땅도 구름이요, 하늘과 땅이 구름이로다.

거뭇거뭇하게 산등성이 바위들이 구름 사이로 내려다보일 때면
한없이 넓은 바다를 헤엄치는 한 무리의 돌고래 같구나.

시시각각 구름이 흘러, 흘러 파도를 만들어내면
등을 보이는 돌고래들이 구름 속을 헤엄치며 한가로이 노닌다.

하늘과 땅이 만들어낸 거대한 구름바다
하늘 아래 바다와 견주어도 손색이 없으리라.

어머니의 향기 (思母曲 1)

어머니 곁에 있으면
나는 늘 스르르 잠이 들곤 했다.

달콤한 어머니의 향기에
눈도 코도 꿈속으로 빠져들었다.

슬플 때도 기쁠 때도
어머니의 향기를 느낄 때면 나른한 잠이 밀려온다.

어린 시절 울다 지쳐 엄마 품에 안기면
새근새근 잠이 들던 그때처럼.

어느 날
내가 부모 되어서 내게 다가선
어머니의 향기는 눈이 시리고 가슴이 아렸다.

어머니라는 소리만 들려도
어머니라는 생각만 떠올려도
코끝이 맵고 눈시울이 붉어지는 향기를 낸다.

이젠
먼 하늘길 올라가신 어머니를 그리워할 때면
어머니의 향기는 눈물이 되어 가슴을 아프게 한다.

그립고 그리울 때면
어머니의 향기는 숨을 쉬기조차 힘이 들 만큼
아픈 눈물이 되어 내 가슴을 조여 온다.

아마
평생 어머니의 향기는 눈시울을 붉히고
가슴 에이게 하며 아픈 눈물로 남을 것이다.

그래도 나는 어머니의 향기를 사랑한다.

내가 기억할 수 있는, 내가 느낄 수 있는
유일한 향기일 테니까.......

이별 (思母曲 2)

이별이란 말이 두려워
입술을 꼭 깨물었습니다.

힘겨워하며 바라보는
그대의 슬픈 눈빛에도
마지막 순간까지 견뎌내라고
그대의 손을 꼭 잡았습니다.

하지만
먼 하늘에 시선을 둔 체
차갑게 떠나가는 그대를
붙잡지도 못하고 그저 눈물 속에
그대를 보내야만 했습니다.

그대가 좋아하던 안개꽃은
여전히 포근한 그대처럼 피어있는데

그대는 빛바랜 사진 속에서
슬픈 미소만 지어 보입니다.

향 연기 속에
그대와의 이별은

그대를 사랑했던 사랑의 무게만큼
긴 그늘의 아픔을 만듭니다.

사랑하는 당신을 보내고 (思母曲 3)

사랑하는 당신을 보내고
애처롭게 맴도는 그리움으로
침상을 매만집니다.

지친 초라한 당신의 눈빛과
눈물보다 숨죽여 흐느끼던
가녀린 두 어깨의 파르르 떨림을
나는 기억합니다.

슬퍼할 수조차 없는 아픔을
부숴버릴 수조차 없는 그리움을
고통의 잔을 마시듯 삼켜버리고
준비되지 않은 이별을 맞이합니다.

타들어간 촛불처럼
희미해진 달무리의 슬픈 눈물.

도려내고픈 우울함과
처참하게 죽어가는 생각들.

나는 슬픔을 선물로 받아들고
사랑하는 당신을 보낸 오늘 밤은
오늘 밤만큼은 목놓아 실컷 울고 싶습니다.

불면증

적막한 밤
시간의 강을 거슬러 올라간다.

망각할 수 없는 조각들과
그 속에 잃어버린 나.

째깍, 째깍

불어대는 삶의 거친 바람에
사막의 모래알 되어 밀려 가버리는
낡은 시계의 초침 소리.

어느새
창문 흔들어대던 바람도 잠이 들고

후드득 떨어지는 빗소리에
축축이 젖어버린 하얀 밤.

나는 잃어버린 시간 속에서
허상의 조각 하나를 찾으려
이 밤도 어둠 속을 헤맨다.

하얀 새벽이 오는 소리

부엉새의 울음소리
깊은 밤을 불러내고

휘영청
밝은 달은 살며시 눈을 지르감는다.

나무 사이
걸린 구름 하나

잎사귀 흔드는 바람에 실려
은하수 언저리를 맴돌고

사그락. 바스락.
바람의 흔적 따라

뜰에 내려진 마른 침묵 소리에

어둠을 걷어내고
하얀 새벽이 살며시 다가선다.

밤 (夜)

열린 창문 틈새로
밀고 들어온 바람 한점.

한낮의 세상은
분주히 돌고 돌아가건만

깊은 밤
고요한 달빛은
바람이 흩트려 놓은
침묵에 고개만 숙이고 있다.

간간이 들리는 마른기침 소리에
별들은 놀란 가슴 쓸어내리고

시간의 그림자는
안주(安住)하지 못한 체
창백한 서릿빛을 그려낸다.

인연의 실타래

작은 시간 속에 많은 세월
시간이 흐르며 인연의 옷자락들을 스친다.

그렇게
세월들이 엮어준 인연들로 세상은 움직이며 돌아간다.

정겨운 눈길 한 번에도
살포시 지어 보이는 하얀 미소 속에도
많은 인연의 실타래가 만들어진다.

오늘이 지나고 내일이 올 때도
아침을 지나고 한낮을 넘기며 밤이 찾아들 때에도
인연의 실타래는 초침 째깍거림 속에서 만들어지고 있다.

너와 나, 우리라는 하나의 공동체
내게 소중한 작은 시간, 내게 소중한 귀한 인연

오늘도
시간 속에 인연의 실타래를 만들어 가고 있다.

새벽을 여는 사람들

이른 새벽
버스에 몸을 싣고

시간의 빠른 흐름 속으로
들어가는 사람들

그들의 질끈 동여맨
허리춤에는 삶이 숨 쉬고 있다.

흔들리는 버스처럼
덜컹거리는 세상

불끈 쥔
두 주먹처럼
희망찬 가슴으로

그들은 환한 새벽길을 열고 있는 것이다.

우리는

우리는
세상이란 나무에 매달린 꽃송이 같은 존재

꽃잎 하나하나 향기 내듯이
자신의 향기를 가지고 산다.

그러나
꽃으로만 남길 바라지마라.

여린 꽃으로 남는다면,

비바람과 천둥이 울 때 떨어져 사라지는
한없이 슬픈 인생을 살게 되리라.

고난과 좌절이 올 때
더욱 견고히 서서 튼실한
열매 맺을 수 있는 삶을 살아가자.

그리하여,
나무에 매달린 풍성한 열매들처럼
우리의 인생도 풍요하게 가꾸며 살아가자.

세상은 따뜻하다. 그리고 세상은 살 만하다.

어린아이의 때 묻은 손에도
공사장 인부들의 땀방울 속에도
희망과 사랑이 담겨있다.

그래서 세상은 따뜻하다.

누군가를 위한 마음들이
가득하다면 세상은 아직 살 만한 것이다.

울먹이다 눈물이 맺혀있는 아이의 눈 속에
맑게 웃을 수 있는 내일이 숨 쉬고 있고

험한 공사장 먼지 속에도
가족을 가슴에 품은 사랑이
인부들의 구슬땀 안에 담겨있다면,

세상을 따뜻하다, 그리고 세상은 살 만한 것이다.

언덕길 가파른 계단 위 판잣집에도
한 이불에 뒤엉켜 까르르 웃는 아이들의 해맑은
웃음이 세상을 살 만하게 만든다.

가난하지만 사랑스러운 이들과
따뜻한 마음과 희망이 숨 쉬는 세상이라면

세상은 따뜻하다. 그리고 세상은 살 만하다.
사랑할 수 있는 많은 이들이 있으므로.

안경

어둡고 혼란스런 세상에
밝게 보고 살아보자 안경 하나 쓰고 나니,
어지러운 세상이 들어온다.

암울한 시절의 찌꺼기가
내 무릎을 꺾어 주저앉혀 놓고
현란한 색상의 겉모양을 고르란다.

더듬거리며 찾아보는 세상
못 볼 것이 하도 많아 눈 질끈 감으면
맘이라도 평화로운 요지경세상.

빙빙 도는 현기증에
신물마저 울컥거린다.

마음으로 세상을 보면 될 것을
어리석음을 탓하며 안경을 벗어 던진다.

그때가 그립습니다.

손등 소복이 모래 쌓아 올리며
두꺼비집 짓던 어린 시절.

벽돌가루 곱게 내어
풀잎 김치 담던 소꿉놀이.

까까머리 철이
단발머리 순이
까르르 웃던 해맑은 웃음이
사랑스러운 그때가 그립습니다.

여름이면
어김없이 지나가는
주스 맛 얼음과자 아저씨.

겨울이면
골목길의 정겨운 목소리
찹쌀떡 메밀묵을 외치는 아저씨.

구성진 목소리가 정겨운 그때가 그립습니다.

보광리를 아십니까?

물 좋고 산 좋고
사람 좋은 강원도

산수가 깊은 만큼 사람 속내 깊고
공기 좋고 인심 좋은 만큼 사람 모습도 정겹다.

구불구불 고갯길 넘어 넘어서 강원도에 다다르니
어릴 적 동심이 살포시 고개를 들어올린다.

사랑스런 보광리.
보광리를 아십니까?

산 깊은 곳에 옹기종기 모여 사는 작은 마을
개울물 소리도 정겹게 졸졸 흐른다.

언제였던가.
어릴 적 처음 혼자 가본 작은집
사촌들이 얼싸안고 반겨주었지.

밤이면 모깃불 놓고 멍석 핀 마당에서
밤하늘을 올려다본 기억이 아직도 생생한데
지금은 포장된 신작로길이 내 따뜻한 향수를 침식해오고 있다.

먼 기억 속에
외양간 송아지 누렁이의 크고 선한 눈망울이
왜 이리 가슴을 울컥 거리게 하는지.

아련한 향수를 되찾기 위한 몸부림처럼
오늘도 보광리를 찾아 나선다.

사랑스런 보광리
보광리를 아십니까?

고향

울퉁불퉁 시골 길
구불구불 고향 길

덜컹덜컹, 흔들흔들
버스 안에 순박한 미소의 사람들.

그들과 더불어 정겨운 고향.

마음이 따뜻하고 인정이 넘쳐나는
고향에는 언제나 평화로움이 가득하다.

양은 도시락

울퉁불퉁 찌그러진 귀퉁이
손때 묻어 반질거리는 볼품없는 양은 도시락

왁자지껄 아이들의 소리
웃음과 함께 층층이 쌓여지는 도시락 탑들

조개탄 난로 위에 노란 탑이
모락모락 숨을 내쉬며 추운 겨울을 녹여 내고 있다.

그리움이 나를 부를 때

눈 지그시 감고
등 기대어 부르는 휘파람 소리가
오늘은 왠지 쓸쓸하게만 느껴집니다.

푸석거리는 대숲마저
그리움에 몸을 움츠리고

스치고 지나가는 바람이 주춤거리며
휘파람 소리에 감겨듭니다.

그리움이 나를 부를 때
나는 작은 흐느낌으로 대답해줍니다.

내 작은 흐느낌의 떨림이
그대의 가슴속 울림으로 메아리 되어
나에게로 되돌아오고,

난, 또다시
밀물처럼 밀려오는 그대 그리움을
썰물 빠지듯 그렇게 한숨으로 토해냅니다.

그리움이 나를 부를 때
나는 대답합니다.

나도 그리웠노라고.

소라 껍데기 속의 바다

소라 껍데기 속에는 작은 바다가 들어있다.

철썩이며 밀려드는 파도가 들어있고,
햇살의 속살거리는 밀어가 들어있고,
갈매기의 달콤한 사랑노래가 들어있고,
물보라 빛 고운 내 꿈도 들어있다.

모래 틈에 박혀있는 작은 바다가
속을 내주고 비어져 있는
소라 껍데기 속으로
들어가 버렸다.

물보라 빛 고운 내 꿈도
소라 속 작은 바다에서 넘실댄다.

그대 향한 내 마음 아무도 모르라고........

숨겨버린 그대 향한 내 마음
아무도 모르라고

불어오는 봄바람에
이내 숨긴 내 마음 들킬세라
진달래 꽃잎 속에 여미고 동여맨다.

숨겨버린 그대 향한 내 마음
아무도 모르라고

밀려오는 파도에게
이내 숨긴 내 마음 들킬세라
바닷가 백사장에 묻어두고 덮어둔다.

숨겨버린 그대 향한 내 마음
아무도 모르라고

낙엽 지는 갈바람에
이내 숨긴 내 마음 들킬세라
귀뚜라미 노래 속에 여미고 동여맨다.

숨겨버린 그대 향한 내 마음
아무도 모르라고

동지섣달 찬바람에
이내 숨긴 내 마음 들킬세라
뜰 안 쌓인 눈 속에 묻어두고 덮어둔다.

그대 향한 내 마음 아무도 모르라고.......

정녕 그대는

정녕 그대는
내게 그리움입니다.
소슬바람에도 토해내는 한숨이
여민 가슴 더 시리게 다가서는
애절한 산울림입니다.

눈부시게 다가서는
간절한 너울거림
한 줌 햇살에도
옅은 눈 감아가며
그대를 그리워합니다.

정녕 그대는
내게 외로움입니다.
저벅거리며 걷는 타버린 저녁에도
숯덩이 된 까만 가슴 쓸어 올리며
화롯가에 묻어두고 살려내는
한 줌 불씨입니다.

더운 한낮 불어주는
산들바람 같은
단 바람이
밤새 묻어둔
외로움 한 조각
불씨 되어 피어납니다.

정녕 그대는
내게 사랑입니다.
내어주고 더 퍼내어 주어도
다시금 가득 차버리는
화수분 입니다.

마실수록 더 타는 목마름으로
갈구하는 바닷물 같은 사랑

내어주고 품어 내주어도
더 내어주고픈
볼 밑의 샘물 같은 사랑으로
나 그대를 사랑합니다.

나는 풀잎되어

서산으로 해가 넘어갑니다.
긴 그림자에 붉은빛 노을이 스며들면

나는
작은 풀잎처럼 바람 따라 휘청거립니다.

산등성이 넘어
흘러가는 구름도
바람에 날려 흩어지면

나는
시린 눈을 살며시 감아봅니다.

저 산 넘어 그 어딘가에
풀잎 같은 내 사랑의 눈빛이 있겠지.

마른 가슴 끌어안고 목메여 울게 하신
내 그리움의 바람도 있겠지.

걷어 올려진 노을 속으로
내 아픈 보고픔이 하늘 위에 닿을 때

내 사랑 그림자 되신
어느 한 사람의 영혼이
말없이 나를 지켜주시겠지요.

나는
오늘도 풀잎 되어
그리운 그대의 낯익은 바람결 따라
맑은 눈물을 흘리고 있습니다.

사랑

사랑이 얼마나 아파질는지
아직은
말할 수 없습니다.

사랑으로 인한 슬픔이
얼마나 괴로울는지도
말할 수 없습니다.

그러나
내 마음이 거짓 없이
그대를 사랑하고 있음은
말할 수는 있습니다.

호수

푸른 낮달이
꼬깃꼬깃 구겨진 바람 한 점에
휘청거리다 호수에 잠겨버리고,

거미줄에 걸린 노을 한 자락이
호수에 잠겨버린
달 한 덩어리를
들어올린다.

나지막한 풀벌레 소리가
깊은 밤을 불러내고

가슴속 그리움의 하얀 등이 켜질 때
살그머니 일렁이는 작은 파문하나.

귀밑머리 매만지며 눈물짓던
풀잎 같은 내 사랑아.

오늘 밤노
내 마음의 호수에는 그리움이 출렁인다.

난 당신을 그렇게 사랑 합니다.

난 당신의
아름다운 꽃잎이기보다
든든하게 지탱해주는 뿌리이길 원합니다.

마시면 취해버리는 술 같은 사랑보다
마실수록 더욱 향긋한 한 잔의 차 같은 사랑이길 원합니다.

뜨겁게 타오르다 목마름에 고통이 되는 태양이기보다
어두운 까만 밤길 비춰주는 은은한 달빛이기를 원합니다.

애절하게 부르짖는 외침이기보다
먼 곳까지 울려 퍼지는 메아리이길 원합니다.

거칠게 밀려드는 바닷가 파도이기보다
물결에 쓸려 모나지 않은 동그란 조약돌이길 원합니다.

난 당신을
그렇게 사랑 합니다.

커피

커피 한 모금 입에 머금었다.

목젖으로 넘기기 아까운 그윽한 향기
따뜻함을 느끼며 한 모금 몸 안에 밀어 넣는다.

목을 타고 가슴으로 흐르는 따뜻함
온몸의 숨구멍이 다 열려지는 듯하다.

손으로 커피잔을 감싸 쥐면
손끝을 타고 몸으로 퍼지는 짜릿함이 느껴진다.

늦은 밤이면
커피의 향기 속으로 몸을 맡기고 싶어진다.

무수한 상념들이 나를 지치게 할 때면
커피 한잔으로 지치고 힘든 마음을 달래본다.

커피 한잔의 따뜻함이
온몸이 피로를 몸 밖으로 밀어내며
지친 나를 위로할 테니까.

옹달샘

작은 옹달샘에
나뭇잎 배가 떠다닙니다.

살랑이며 부는 바람에
작은 파문이 일렁입니다.

나뭇잎 배가
빙그르르 돌며 원을 그리면
동그랗게 그려진 파문 속에
그대 얼굴이 그려지다 사라집니다.

손 내밀어 잡으려 하면 더욱 흐려지는 얼굴

행여 놀라서
사라져 버릴까 두려워
언제나 맴도는 옹달샘 작은 그리움.

오늘도
가슴속 낮은 목소리로 그대를 그리렵니다.

언제나 파도는 푸르다.

머물지 못하는
사랑을 선택한 까닭에
늘 외로움에 파랗게 멍이 들어
언제나 파도는 푸르다.

바닷가 백사장의 작은 모래알을 사랑했고
바위섬의 작은 물이끼를 사랑했고
바다 위 날아가는 갈매기를 사랑한 파도.

바람을 따라 출렁이고,
구름을 따라 출렁이고.

밀려왔다 쓸려가 버리는 잃어버린 많은 것들
파도의 가슴은 멍이 들고 있는 것이다.

사랑하는 것을 간직할 수 없음에
흰 물거품으로 부서져 버리는 파도.

간직한 수 없음에
머무를 수 없음에.

파도의 아픈 가슴이
오늘도 푸른빛으로 되살아난
깊은 상처의 핏빛이 되어 출렁이고 있다.

바람과 나

바람이 덜컹거리며 창문을 두드린다.

잠시 쉬어가려는지 더욱 세차게 창문을 흔들어댄다.
가는 계절만큼이나 바람도 힘들고 지치는가 보다.

언젠가,
내 마음속에도 하나의 창문을 만들어 달았다.

그대가 지쳐서 내 마음을 두드리면
난 쉬어가라고 창문을 열어주곤 했었다.

내가 지쳐서 두드릴 작은 창문은 있었던가.
그렇지,

내가 두드릴 창문은 늘 환한 빛처럼
언제나 문을 활짝 열어두고 있는 그대의 따뜻한 마음이었기에
문을 두드리지 않아도 됐었지.

오늘은 유난히 많이 지치고 힘든 날이다.

바람아! 너도 나만큼이나 힘들었나 보구나.
창문을 빠끔히 열어 바람이 내방에 머무는 것을 허락했다.

상쾌한 가을바람은 매콤한 생강차 향기를 내뿜으며
내 마음속으로 스며들며 아릿하게 눈시울을 붉힌다.

바람아!
나도 오늘은 그대의 창문을 두드려 보련다.

그리고 매콤한 생강차처럼
그대의 마음속에 아릿하게 스며들어 지친 마음을 쉬어가련다

그대는 들어보셨나요.

비 오는 날
풀잎의 노래를 들어보셨나요?

빗방울이 내려앉으며
풀잎에 입맞춤 하는 소리를
그대는 들어 보셨나요.

비 오는 날
강물의 노래를 들어보셨나요?

빗방울이 내려앉으며
동그란 파문을 만들며 안기는 소리를
그대는 들어 보셨나요.

비 오는 날
바람의 노래를 들어보셨나요?

그대 향한 내 마음이 빗방울에 실려
바람 되어 부르는 사랑의 노래를
그대는 들어보셨나요.

나는 행복합니다.

내 앞에 한 권의 일기장이 있어서
나는 행복합니다.

내 마음을 써넣을 테니까요.

내 앞에 향긋한 차 한 잔이 있어서
나는 행복합니다.

내 삶도 향긋하게 만들 테니까요.

내 앞에 사랑하는 그대가 있어서
나는 행복합니다.

내 모든 것을 그대와 함께할 테니까요.

사랑아, 사랑아 보고지고 ('이산가족' 시극 중에서)

밤 새소리에
두고 온 고향의 부모형제가 서럽도록 그리운 날

내려앉은 억장이 가슴을 짓누르며
숨쉬기조차 버거운 응어리들이 복받쳐 올라온다.

하염없이 흐르는 눈물
쏟아내도, 쏟아내도 화수분처럼 멈출 줄 모르고
야속한 둥근달은 그리운 얼굴들로 환하게 미소 띤다.

사랑아, 사랑아 보고지고
이 내 가슴 어이하나, 어이하나

보고지고, 보고지고
타는 가슴 그리움에

이 밤도 슬픔에 녹아 흐르는
작은 촛불의 눈물처럼 속울음을 우노라.

그리움은 사랑의 또 다른 이름이리라

달무리 지는 하얀 밤
수줍은 그리움이 꽃으로 피어난다.

봄날의 연분홍 사연도
투명한 이슬빛 눈물로 맺히고
진홍빛 그리움은 하얀 그리움으로 피어난다.

사랑은 그리움이라
그리움은 사랑의 또 다른 이름이리라.

하얀 초롱꽃이
까만 밤 불 밝히면

수줍은 그대!
내게 오리라.

그리움으로 사랑으로 오리라.

사랑으로 배부르다.

가파른 계단 끝
자그마한 공부방.

서툰 사랑으로
아픈 상처를 지닌 아이들이 모여 있다.

시끌벅적 다투는 아이
낙서하며 노래하는 아이
종이에 열심히 무언가를 쓰는 아이.

이들의 책상은 커다란 밥상이다.

숟가락 젓가락 차려있듯
아이들이 옹기종기 모여
사랑이라는 잃어버린 삶을 배운다.

따뜻한 말 한마디
다정한 눈빛과 미소가
아이들의 고픈 배를 채워주듯
아이들의 굶주린 사랑을 채워준다.

사랑을 회복하는 공부방.

아이들은
이곳에서 사랑을 먹고
잃어버렸던 꿈도 다시 꾸며
그 사랑으로 마음도 배부르다.

문득 생각나는 사람

길을 걷다가
향긋한 커피 향을 맡으면
문득 생각나는 사람.

거리의 많은 사람 사이로
유난히 분홍빛 티셔츠를 보면
문득 생각나는 사람.

바람 부는 저녁
덜컹대며 창문 흔드는 소리에도

비 오는 날
노란 우산을 쓴 고운 여인의 뒷모습에도
문득 생각나는 사람.

아련한 기억 속에
아직도 울렁이며 그리운 사람.

혼미한 시간 속에
문득 떠올라 미치도록 보고픈 사람.

내 사랑하는 그대여.
나의 소중한 여인이여.

오늘도
그대 생각에
긴 밤 잠 못 이루며
하얀 새벽을 맞이합니다.

이유를 알겠습니다.

바람에 나뭇잎이 흔들리는 이유를 알겠습니다.
바람이 못내 서러움 한 자락 떨어뜨려
그 슬픔에 나뭇잎이 슬피 흐느낀다는 것을.

밤하늘에 달무리가 지는 이유를 알겠습니다.
태양을 앞에 두고 먼발치에서 바라보며
사모하다 흐려지는 달님의 눈물이라는 것을.

비가 오는 날 천둥이 슬피 울어대는 이유를 알겠습니다.
가슴속에 가두어두고 참아내던 아픈 속내가
터질 듯 차올라 마침내 소리 내서 통곡한다는 것을.

서글픈 바람처럼, 달무리 지는 달처럼, 통곡하는 천둥처럼
내가 슬퍼지는 이유도 알겠습니다.

편 지

하얀 종이 위에
또박또박 써내려간 작은 글씨
한두 줄 써내려가다 머뭇머뭇 흩어져 버리고
다시금 편지지 한 장을 펴든다.

한숨 한번 내쉬고
가지런히 자리하는 글씨들
마음 담아 써내려가다 스르르 번져버리고
이내 편지지는 눈물에 젖어든다.

너무나 보고 싶다고
너무나 그리워 까만 밤 하얗게 타버렸다고.

흐려진 시야 속으로 들어서는
써내려가다 멈춰버린 글씨들

그리움의 파편들이
눈물에 번져 한데 모아져버린
그대 향한 내 마음

오늘 밤도 보내지 못한 편지들로 가득하다.

바람

연민의 바람이 불어옵니다.

시간 저편에 익어가는 그리움이
강 언저리를 맴돌다가 작은 파문하나 일렁이며

설렘을 가득 담던
잊혀간 기억들이 다시금 밀려옵니다.

그리움의 바람이 불어옵니다.

애증의 강가에서 들려주던 이별의 노래
조심스레 쏟아내는 퇴색해버린 물망초약속

서글픈 자존심은
슬픈 미소 지으며 보고픔을 토해냅니다.

바람은
기억 저편에 서 있는 그대를
침묵하고 있는 내 긴 그림자를
다시금 물 위에 작은 파문으로 흔들어 놓습니다.

잠 못 이루는 밤

팔베개하고 누운 자리
달빛이 스며든다.

가지 끝에 걸린 바람 한 조각이
향기 타고 코끝에 매달리고

문 틈새로 바스락거리는
갈잎도 귓가에 소곤댄다.

꼭 감은 두 눈에 어스름 달빛이 켜지고
잠 못 이루는 밤은 깊어만 간다.

고운 달빛은 어느 곳에 가는 걸까.
나무 끝에 바람은 무슨 말을 전할까.

논두렁에 새초롬한 앉은뱅이 아기 꽃
달 속 토끼의 노랫소리 들으며

새근새근 고운 꿈꾸라고
은하수 닮은 예쁜 꽃 피우라고.......

뒤척이며 돌아누운 자리에
바람 소리 달빛 노래에
밤 깊은 줄 모른다.

알 수가 없습니다.

하늘을 보면 눈이 시리고
비가 오면 가슴이 메어지는 이유를.......

눈이 오면 먼 곳을 바라보며 하얀 그리움에
가슴이 뛰는 이유를 알 수가 없습니다.

잊었다고 생각했는데
잊히지 않는 이유를 알 수가 없습니다.

서툰 사랑으로 그대를 보내야만 했던 내 마음
손 내밀면 닿을 수 있는데 정작 손 내밀어 잡지 못했습니다.

그대는 손끝의 가냘픈 떨림으로
내게 말을 합니다.

내겐 그대가 필요하다고.......

머뭇거리며 바보처럼 난,
그 손을 잡지 못했습니다.
그대의 눈도 바라보지 못했습니다.

가슴속 깊은 곳에서는
나도 그대가 필요하다고 외치면서도
그대를 보내야만 하는 내 마음 알 수가 없습니다.

돌아서 가는 뒷모습에 달려가 안고 싶었지만
정작 쓸쓸한 뒷모습 보지 않으려 외면했습니다.

그것이 운명이라고 되뇌었습니다.
운명도 마음도 서툰 사랑도 이렇게 해야 하는 것인지를.......

세월은 빈자리를 메우려 하는데
가끔씩 가슴 깊은 곳에서는 작은 파문이 일렁입니다.

그대에 대한 기억이 지워지길 바랐는데........

아직도 그대를 지울 수 없는 이유를
난 알 수가 없습니다.

가슴앓이

텅 빈 공간을 채우는
한 장 그리움의 빛

황금빛 추억마저
침묵해버리는 저녁의 끝자락

마른 낙엽 냄새에도
지독한 고독이 아픔을 앓아낸다.

개울가 한 귀퉁이로
여물어 가는 달빛 한 줌

얼룩 남긴 커피자국처럼
껴안아 버린 슬픈 흔적 하나가

억새풀 뒤흔드는 모진 바람에
멍울 지는 그리움으로 가슴앓이를 한다.

눈물 나는 날에는

사랑해서 눈물 나는 날에는
가만히 호수에 흔들리는 바람을 보아라.

작은 파문에도 동그랗게 흔들리는 호수처럼
내 사랑도 그대 가슴에 작은 원을 그리고 있을 테니

그리워서 눈물 나는 날에는
고개 들어 하늘 끝에 떠가는 흰 구름을 보아라.

내 그리움이 그려내지 못하는 사랑을
저 흘러가는 구름이 그대 마음에 내 사랑을 곱게 그려줄 테니

보고파서 눈물 나는 날에는
푸른 숲 속의 나무와 노래하는 새들을 보아라.

밤새워 써 내려가도 끝없는 사랑의 시를
숲의 나무와 새들이 그리움에 보고픈 마음을 그대에게 노래하리라.

커피 한 잔과 그대

향긋한 커피 한 잔을 앞에 놓고
그대를 기다립니다.

시선이 머무는 자리에
그대가 들어서길 원합니다.

조용한 피아노 연주곡을 들으며
그대를 떠올립니다.

커피 한 잔 속으로
가득 채워지는 그대의 모습

커피 향기 속으로
스며드는 그대의 향기

오늘도 그대를 기다리며
커피 한 잔 앞에 놓고
추억 속으로 들어갑니다.

슬퍼지는 마음에

푸른 구름은 태양을 마시고
휘어진 버드나무는 어두운 그늘을 마신다.

풀잎을 훑고 지나가는 바람아
내 마음 한 자락 곱게 담아서
내 님이 계시는 곳에 뿌려다오.

사랑하는 마음 아픈 그리움을 마시고
보고픈 마음 한숨 섞인 눈물을 마신다.

강물을 흔들며 지나가는 바람아
내 눈물 한 줄기 곱게 담아서
내 님이 계시는 곳에 뿌려다오.

슬퍼지는 마음에 푸른빛이 그 빛을 잃고
내 눈물 비가 되어 그대 가슴을 적시리라.

기억 저편에

희미해진 기억 저편에
그림자로 남아 있는 그대가 있습니다.

유난히 파도를 좋아 했던 그대
넘실대는 파도를 행복한 미소로 바라보던 그대

먼 훗날
우리의 꿈과 사랑, 그리고 행복을 꿈꾸던 그대가
기억 저편에 남아 있습니다.

비가 오면 보고픔이
눈이 오면 설렘이

그리움의 앙금을 흔들어
가슴 위까지 차오르게 합니다.

빗속에 안개처럼
뿌연 기억으로 흰 눈 속에
어렴풋한 그대의 따뜻한 가슴이 기억 저편에 남아 있습니다.

해와 달이 바뀌고
계절이 변해가며
그대를 지워내는 동안에도

그대는
여전히 내 사랑의 그림자로 가슴속에 남아 있습니다.

잊으려 했지만

아픈 사랑이
싫어서 잊으려 했지만
그대를 사랑하는 내 마음이
나를 놓아주질 않습니다.

잊으려 하면 할수록 더욱
보고픔이 커져만 갑니다.

슬픈 사랑이
싫어서 미워하려 했지만
미워하려 할수록
더욱 가슴이 아파만 갑니다.

짙은 그리움이 싫어서
냉정 하려 했지만
마음을 내려놓을수록
더욱 파고드는 그대 사랑이
나를 놓아주질 않습니다.

마음의 문을 닫을수록
그리움은 눈덩이처럼 커져만 가고

잊으려 했지만 잊지도 못하고
돌아서려 했지만 돌아서지도 못하는
나는 바보인가 봅니다.

동백꽃

바닷가 작은 마을
차가운 바람 불어오던 어느 날

해풍 속에 붉게 피어난 동백꽃
누군가를 아프도록 사랑했는가 보다.

사랑이란
긴 그리움의 터널을 지나
시린 계절 끝에 열리는 찬란한 빛

그리움이 출렁일 때마다
툭, 툭, 터져버린 눈물이
유리알처럼 부서져 박히는 편린
지난 계절은 아픔만이 가득했노라고

꽃잎에 새겨진 상흔의 열꽃들
꽃잎을 물들인 터져버린 혈관처럼
붉은빛이 아프도록 아름다운 꽃

동박새 한 마리
붉은 수평선 위로 날아오르고
노을 닮은 동백은 가슴속을 열어 보인다.

백일몽

작은 꿈을 꾸었나 봅니다.
아니,
산속 옹달샘 같은
그리움이었는지도 모릅니다.

주머니 속에 넣고 싶은
오색구슬 같은 그런 꿈.

손안에 꼭 잡고 싶은
작은 희망이었는지도 모릅니다.

걸어가는 인생길에
돌부리에 걸려 넘어질 때

주머니 속에 넣고 있던
손안에서 오색구슬이
와르르 쏟아져 내리는 듯한
슬픈 백일몽이었는지도 모릅니다.

깊은 잠에서 깨어날 때
눈이 붓도록 울고 말았던 슬픈 꿈.

불면증에 걸려 긴 밤 지새듯
그렇게 하얀 밤을 태워야 하는
아픈 꿈이었나 봅니다.

달무리 지는 이 밤도
희미한 그림자로 남길 내 아픔을
눈물로 삼키며 마음을 닫아두렵니다.

작은 창가

작은 창가로
계절이 들어온다.

눈부시게 반짝이는 햇살 속에
화사한 꽃들의 향기가 봄을 불러들인다.

살그머니 들어온 봄빛이
더욱 짙푸른 신록의 여름을 맞이하고,

쏟아지는 굵은 빗줄기 속에 초록의 풀빛은
쓸쓸한 추억 빛 가을을 불러들인다.

갈색 빛 낙엽 속에 그리움의 가을이
새하얀 순백의 겨울을 맞이하고,

함박눈 내려 새하얀 거리 속에 겨울이
화사하게 빛날 봄을 기다린다.

작은 창가로
그렇게 세월이 들어온다.

바람

바람이 분다.

산등성이 넘어
나뭇가지 사이로 바람이 분다.

가지에서 떨어진 나뭇잎 하나.
휘청 휘청 하늘하늘.
바람에 몸을 싣고
날아오르듯 내려앉듯 빙그르르 원을 그린다.

나는 살며시 눈을 감고
두 팔을 한껏 크게 벌려
바람을 온몸으로 안아본다.

품으로 안겨 오는 바람
누군가의 품이 그리웠나 보다.

빈 가슴으로 산을 넘고
그리운 그 누군가를 찾아 방황했나 보다

두 팔 벌린 내 가슴에 기대어
윙, 윙. 큰 소리 내어 울다가
따뜻한 바람 되어 다시 머나먼 길을 떠나간다.

제목 : 바람
시낭송 : 김지원
스마트폰으로 QR 코드를 스캔하면
시낭송을 감상할 수 있습니다.

만월 (滿月)

무심히 올려다본 하늘에
둥그런 만월(滿月)이 떠 있다.

눈 지그시 바라본 만월(滿月)은
따뜻하신 어머님의 얼굴로 그려지고,

다시금 바라본 만월(滿月)은
인자하신 아버지의 얼굴로 다가선다.

아련한 그 모습 가슴에 새기려 하니
눈에 가득 차오르는 눈물이 볼을 타고 흐른다.

깊은 숨 들이마시며
하늘을 올려다보니
만월(滿月)도 내 마음을 아는지
달무리를 만들며 눈물 흘리고 있었다.

달 속의 별

달빛이 유난히 빛나는 밤
슬픈 바람이 불어옵니다.

작은 꼬리별 하나가
먼 곳을 향해 길을 떠나려 합니다.

마지막 타들어 가는 심지처럼
길게 한줄기 빛을 그으며
말없이 세상 밖으로 떠납니다.

침묵의 밤은 깊어만 가고
달 속에는 별 하나가 슬픈 빛을 냅니다.

슬피 울고 싶어도 울 수 없던 별은
하얀 울음을 터트립니다.

별이 눈물을 흘릴 때면
바람은 촉촉이 젖습니다.

조용히
남모르게 흘리는
하얀 별의 눈물에

달은 슬픈 달무리를 만들고
깊은 밤은 비를 내리며 서럽게 웁니다.

나뭇잎 편지

나무는 무수한 사연들을
잎으로 매달고 있다.

한잎 두잎,
고운 사연들을 가득히 채워가며
가지에 걸린 햇살로 가을 편지를 쓴다.

여름내 간직한 사연들
가을이 오면 그리운 이들에게
갈색편지를 띄워 보낸다.

가을편지를 받아든 연인들의 책갈피 속에는
사랑 빛 그리운 사연들로 가득히 채워져 있다.

주머니 속에 담고 싶은 사랑

화려하지 않아도 좋다.
멋스럽지 않아도 좋다.

진실함이 가득한 사랑이라면
모나지 않은 동그란 사랑이라면
내 주머니 속에 담고 싶다.

소박하지만 순수한 사랑.
따뜻하고 포근한 사랑.
알록달록 수식어가 필요 없다.

때묻지 않은 진실한
그 마음 하나면 족하리라.

바람아 알고 있니?

바람아 알고 있니?

봄이면 노란 개나리 분홍 진달래가
마냥 수줍은 듯 얼굴 붉힐 때
내 가슴이 뛴다는 것을.

바람아 알고 있니?

빗방울이 후드득 떨어져
창문 넘어 나뭇잎을 더욱 푸르게 물들일 때
내 가슴이 뛴다는 것을.

바람아 알고 있니?

가을 햇살에 황금물결이 출렁이고
퇴색한 나뭇잎들이 바스락거릴 때
내 가슴이 뛴다는 것을.

바람아 알고 있니?

밤새 내린 하얀 눈이
온 세상을 소복이 품에 안고
선잠 깬 새벽 눈물 나게 아름다운 세상을 볼 때
내 가슴이 뛴다는 것을.

바람아 알고 있니?

세월을 아름답게
삶을 채색하는 인생은
선한 눈빛의 가슴 뛰는 순수함으로 세상을
바라본다는 것을.

길

사랑하는 그대와
나란히 걷는 이 길은

아득히 머나먼
끝이 없는 길이었으면 좋겠습니다.

두근거림으로
눈물이 날 것 같은 그리움으로
나는 늘 그대와 마주합니다.

함께 나누는 눈빛만으로도
가슴은 늘 포만감을 느낍니다.

그대의 한 마디 한마디가
내겐 음악이 되어 아름답게 들리고

따뜻하게 손을 마주 잡고 있을 때면
언제나 코끝이 찡한 느낌으로 가슴이 메곤 합니다.

그대와 마주하다
돌아오는 이 길은 너무도 외롭습니다.

그래서 오늘은 이 길이 외로울 것 같아
그대와 함께 걷는 내 발걸음이 자꾸만 더뎌집니다.

그대와 함께 걷는 이 길은

아득히 머나먼
끝이 없는 길이었으면 좋겠습니다.

대나무 사랑

그리움에 흘린 눈물 푸른빛을 더해가고
임 그리는 일편단심 하늘만큼 커간다.

억만 겁 거듭하는 스치는 인연 자락.

기약 못한 슬픈 사랑 마디마디 맺혀있고
임 그리는 곧은 절개 하늘만큼 높아간다.

이목구비 (耳目口鼻)

반듯하게 잘 생겼네.

새겨듣고 다시 듣고
올바르게 알아듣고

바로 보고 좋게 보고
귀히 보고 옳게 보고

기도하고 칭찬하고
노래하고 미소 짓고

백향목 향기처럼
소나무 향기처럼

인생의 이목구비
잘 생기게 살아가세.

막동이 (소천하신 아버지를 그리며)

아버지의 다정한
"막동아" 부르는 그 소리가 그립습니다.

막동아,
살다보면 힘든 일들이 많단다.
자리가 높아질수록 마음은 낮추어라
겸손한 마음으로 벼가 익을수록 머리를 숙이듯
네 마음을 낮추어라.

막동아,
때론 마음이 아프고 속이 상할 일들이 다가오거든
네 아이들을 생각하며 좋은 생각으로 마음을 다스려라.
네 아이들이 복을 받을 것이란다.

막동아,
좋은 사람이라도 사람 사이에 다툴 일이 생기거든
네가 한걸음 물러 서거라. 지는 것이 아니라
용서하는 것이란다. 사랑하는 것이란다.

막동아,
따뜻한 사람으로 살아가거라
어느 누구라도 네게 마음을 열 수 있도록
어느 누구라도 네가 그 마음을 어루만져 줄 수 있는,
함께 슬퍼해 주고 함께 울어줄 수 있는 그런 사람.
구걸하는 걸인에게 네가 가진 작은 빵 한 조각이라도
나눠줄 수 있는 따뜻한 마음을 지닌 그런 사람으로 살아라.

막동아, 아프지 말고 건강해야 한다.
행복해라 그리고 복 받아라 사랑한다.

아버지 훈육의 말씀
가슴속에 곱게 잘 간직하며 살겠습니다.
사랑하고 그립고 존경합니다.

십자가

아침 해를 바라보며
마음속에 십자가를 그립니다.

겹겹이 싸인 시간의 행보처럼
삶의 무게, 사랑의 깊이만큼의
내가 지고 가야 할 십자가를 그립니다.

좌절과 고난이 왔을 때도
생과 사의 사투 속에서도

손 내밀어 잡아주고
등 내밀어 업어주는
귀한 사랑의 십자가.

기쁨 속에
내 몫의 십자가를

오늘도
가슴속에 그립니다.

낮추며 살아가기

한 알의 알곡도 머리를 숙이며 자연에게 감사합니다.
한줄기 시냇물도 낮은 곳으로 자신을 낮추며 흘러갑니다.

우리의 모습들은 어떠했는지
우리의 마음속은 어떠했는지

세상을 원망하고
사회를 질타하며
높아지려 교만하지는 않았는지
한번쯤은 자신을 돌아볼 시간인 듯합니다.

남보다 내가 먼저 낮아지려 합니다.
나보다 남을 먼저 생각하려 합니다.

이제는
세상 먼지 같은 욕심을 털어내고
아름아름 쌓여있는 낡은 감정 묵은 때 씻어내듯

자신을 낮추며
겸손히 낮아지며
항상 기뻐하며
오늘을 주신 이에게 범사에 감사합니다.

기도문

춥고 어두운 긴 밤을 지나
아침에 빛을 쏟아내는 태양처럼

삶이 힘들수록 작은 희망의 불씨가
풀무질 된 뜨거운 열정으로 힘을 내게 하소서.

내게 주신 하루하루의 삶이
주님이 만드시는 큰 그림 속에 있다면
완성된 그림 속의 아름다운 하나가 되게 하소서.

오랜 세월 돌 속에 묻혀
깊은 잠을 자던 보석처럼

뜨거운 불길 속에서
정금(精金)이 되어 나오듯

힘든 연단의 시간 속에서
영롱하고 찬란한 빛을 드러내는
아름다운 삶이 되게 하소서.

사랑하고 또 사랑하고
인내하고 또 인내하며
용서하고 또 용서하는
주님의 십자가 사랑을 기억하게 하소서.

어둠을 제하는 빛처럼
세상의 소중한 소금처럼
주님의 향기를 전할 수 있는 삶이 되게 하소서.

오늘도
작은 자의 여린 두 손 간절함으로 모으며
주님께 감사하는 하루가 되게 하소서.

나의 기도

오늘 하루도 고개 숙여
감사하는 하루가 되게 하소서.

한 줌의 아침 햇빛에도
모든 나뭇잎들이 감사하듯
주어진 일이 작고 힘들어도
열정을 다해 최선으로 결실케 하소서.

나의 부족한 부분을 나타내어
정진할 수 있는 기회로 만들고
내 삶과 마음이 물질의 노예가 되게 마시고,
사랑으로 나누어 기쁨으로 받게 하소서.

고단함 속에서도 아이의 눈을 보게 하시고
기쁨 속에서도 슬픈 사람의 마음을 보게 하소서.

내 건강할 때 아픈 사람을 돕게 하시고,
내 작은 힘을 지친 이의 버팀목으로 사용하소서.

땀 흘려 일하게 하시고 그 구슬땀으로
인내의 열매를 수확하게 하소서.

늦은 저녁 눈을 들어 빛나는 별들을 보게 하시고,
귀 기울여 자연의 소리를 듣게 하시며,
상쾌한 바람의 향기를 맡게 하소서.

오늘 하루 감사의 기도로
잠자리에 들게 하시고,
눈을 떠 맞이하는 내일도
감사로 가득 차게 하소서.

동행 (同行)

반평생 걸어온 길을 돌아보며
지치고 힘들 때마다 혼자 걷는 길이라 생각했네.

걷다가 넘어지고
걷다가 주저앉고
눈물 흘리며 뒤돌아보니

걸어온 발자국마다
언제나 말없이 함께 한 동행이 있었네.

날 위해
눈물로 동행해준 한없이 큰 사랑이
나의 등 뒤에서 하늘빛처럼 푸르게 서 있었네.

감사

눈을 감고 마음속의 하늘을 그려보자.
눈을 감고 모든 것의 파장을 느껴보자.

작은 바람의 스침과 소리의 세밀한 진동
오감을 통해서 느껴지는 주님이 만드신 경이로움과 신비로움

눈으로 바라보던 세계가 아닌 마음 속 평화로운 세계
그간에 왜 깨닫지 못했을까........

자연의 생명력도
호흡하는 모든 것의 내뿜는 에너지도
우리 몸이 익숙하게 반응하며 기억하는 모든 것

태초의 신비로운 세상을 창조하신 하나님의 놀라운 세계를
영의 눈으로 바라보며 감사하자,

우리가 보지 못했던 마음을 보게 하시고
우리가 느끼지 못했던 것을 느끼게 하시며
가장 좋은 것으로 베푸시는 하나님의 사랑

한없는 사랑으로 늘 품으시고 회복시키시는 그 사랑을
감사함으로 고백하자.

그리움이 나를 부를 때

김수미 시집

초판 1쇄 : 2017년 4월 28일

지 은 이 : 김수미

펴 낸 이 : 김락호

디자인 편집 : 이은희

기 획 : 시사랑음악사랑

인 쇄 : 청룡

연 락 처 : 1899-1341

홈페이지 주소 : www.poemmusic.net

E-Mail : poemarts@hanmail.net

정가 : 10,000원

ISBN : 979-11-86373-69-9